Quem matou o saci?

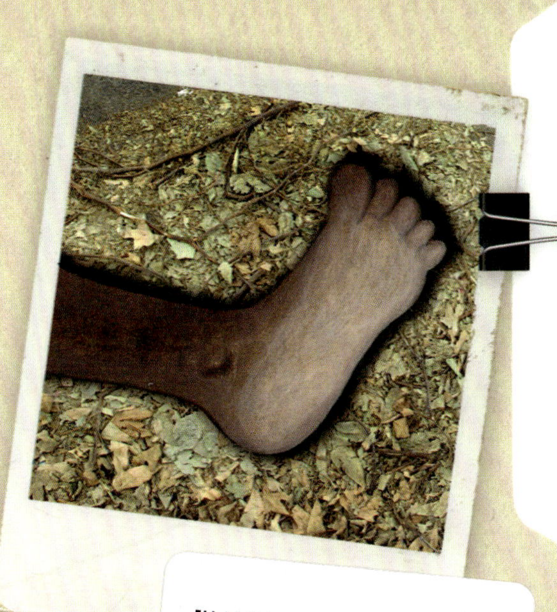

Escarlate

ALEXANDRE DE CASTRO GOMES

ilustrações de CRIS ALHADEFF

Grafia atualizada segundo o Acordo Ortográfico da Língua Portuguesa de 1990, que entrou em vigor no Brasil em 2009.

Consultoria editorial
ANNA RENNHACK

Revisão
KARINA DANZA
FERNANDA A. UMILE

CIP-Brasil. Catalogação na Publicação
Sindicato Nacional dos Editores de Livros, RJ

G612q
Gomes, Alexandre de Castro, 1969-
Quem matou o saci? / Alexandre de Castro Gomes ; ilustrações Cris Alhadeff. – 1ª ed. – São Paulo : Escarlate, 2017.

ISBN: 978-85-8382-054-3

1. Folclore - Ficção infantojuvenil. 2. Ficção infantojuvenil brasileira. I. Alhadeff, Cris, 1969-. II. Título.

CDD: 028.5
17-39520 CDU: 087.5

11ª reimpressão

SDS EDITORA DE LIVROS LTDA.
Rua Bandeira Paulista, 702, cj. 71D
04532-002 – São Paulo – SP – Brasil
(11) 3707-3500
www.companhiadasletras.com.br/escarlate
www.blogdaletrinhas.com.br
/brinquebook
@brinquebook

SUMÁRIO

é sujo de farinha
de trigo, arranhões
profundos na barriga,
um galo acima da
orelha esquerda, um
corte recente no braço
direito.
Saci. Saci-Pererê, entidade maléfica em
graciosa e zombeteira noutras
nos Estados do
SACI-PERERÊ
velhos cronistas
SACI PEREREIRA

Saci Perereira

FICHA CRIMINAL

Nome: Saci Perereira

Naturalidade:
local desconhecido no sul do Brasil.

Características físicas: afrodescendente com deficiência física, calvície acentuada e vestindo um *short* e um gorro vermelhos.

Lugares que frequenta: sul do país e regiões próximas.

Atividades: esconde objetos, dá nós em pelos de animais, desarruma ambientes, faz confusão na cozinha, assusta pessoas e bichos e pratica outras travessuras em geral.

Observações:
Diz-se que mora em um bambuzal, fuma um cachim
uma brasinha de estimação, move-se de um lado pa
redemoinho de vento que ele mesmo produz.

Tem um assobio próprio.

Registrou-se que já foi autuado por diversas infrações. Certa vez, invadiu um supermercado durante a noite e desligou todas as geladeiras. Em outra ocasião, soltou dezenas de baratas em um vagão de metrô.

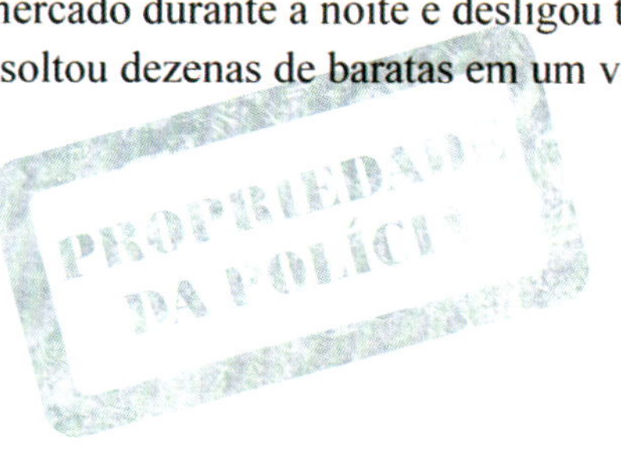

SACI, A VÍTIMA

— Abram espaço! Abram espaço! — insisti para os policiais que tomavam conta da possível cena do crime e que mantinham os convidados da festa a distância.

Billy atravessou por baixo da fita amarela que circundava o fundo do jardim da casa de festas La Cueva e me seguiu até o corpo miúdo e sem pulso de um afrodescendente com deficiência física, com calvície acentuada e vestido somente com um *short* vermelho. A detetive se agachou e analisou o morto, sem tocá-lo.

— Quem o encontrou? — perguntou com sotaque norte-americano.

— Foi o porco de um dos convidados — respondi, um tanto constrangido pela frase ridícula.

— O quê?

— Um queixada. Domesticado, eu acho. O dono é conhecido como Caipora. Estamos com ele em custódia.

— Sei...

Billy permaneceu em silêncio enquanto concluía o trabalho no local. Aproveitei para terminar de fotografar os arredores. Finalmente, ela se levantou com um gemido e chamou-me para um canto. Fiz sinal para que o policial Honaldo, com agá, mantivesse guarda do corpo até que o responsável pelo necrotério chegasse para ensacá-lo.

— Havia alguma identificação? — Billy não pareceu reconhecer o falecido.

— Não. Mas nem precisa. Todos sabemos que é um saci.

— Pode ser um saci. Pode ser. Hummm.

Abro um parêntese para me apresentar e explicar a aparente ignorância da minha colega. Meu nome é Joaquim de Jeremias. Herdei meu sobrenome do meu tataravô, que chegou ao país dentro de um navio negreiro em uma época que este continente era ainda uma colônia. Billy Conrado é brasileira, mas passou a vida inteira nos Estados Unidos, onde cursou a Academia de Polícia de Nova York. De lá se inscreveu para participar de um programa de intercâmbio e acabou no meu distrito. Agora seremos parceiros pelo próximo ano. Estrear com o possível assassinato de um dos seres mais conhecidos do país foi um golpe de azar. Ou de sorte, perdoe-me a infâmia; fecho o parêntese.

— O saci é uma criatura do folclore brasileiro. Diz-se que mora em um bambuzal, fuma um cachimbo, onde guarda uma brasinha de estimação, move-se de um lado para o outro em um redemoinho de vento, que ele mesmo produz... — fui explicando enquanto lhe entreguei o arquivo com a ficha corrida da vítima. — Toma. Trouxe da delegacia. Esse cara já foi autuado por diversas infrações. Uma vez invadiu um supermercado durante a noite e desligou todas as geladeiras. Em outra ocasião, soltou dezenas de baratas em um vagão de metrô. Era um moleque muito abusado.

— Você achou o cachimbo? — perguntou.

— Não. Mas seu gorro vermelho foi localizado em uma árvore espinhuda a uns seis metros do corpo, entre aquele saco de folhas secas e o muro de trás.

— Não tinha visto o gorro nem o cachimbo. Por isso não tive certeza quanto à identidade do defunto. Notei alguns detalhes interessantes. Esse saci tem o pé sujo de farinha de trigo, arranhões profundos na barriga, um galo acima da orelha esquerda, um corte recente no braço direito e uma substância pegajosa na palma de uma das mãos. Grudados a ela há alguns fios de cabelo avermelhado. Fora os arranhões e o corte, não localizei outras perfurações.

Billy se virou para onde estava o corpo. Franziu as sobrancelhas por um segundo e ficou nas pontas dos pés. Outro gemido.

— Me ajude aqui, Joaquim.

Indicou-me o muro de dois metros de altura. Fez sinal para que eu desse um apoio para ela subir. Juntei as mãos e fiz o "pezinho". A detetive segurou nos meus ombros, deu impulso, escalou e sentou-se em cima do paredão. Voltou os olhos para o corpo estirado mais à frente. Não tenho certeza, mas acho que percebi um meio sorriso.

— O saci foi assassinado! — exclamou.

— Como você pode ter certeza? Não há marcas no corpo. Se o exame toxicológico não der em nada, ele bem que pode ter morrido de causas naturais. Sabe-se lá quantos anos tinha.

— Duas coisas, detetive: em primeiro lugar, sacis não morrem em casas de festas; eles se isolam e transformam-se em orelhas-de-pau. Isso me leva a crer que sua vida foi interrompida. Além disso, está sem o gorro. Fato que o deixava mais desprotegido — pulou do muro. — Em segundo lugar, não acredito que ninguém tenha notado aquilo ali.

Billy apontou para uma área do jardim, embaixo das árvores, onde o gramado estava coberto por folhas. Havia alguns espaços vazios que, vistos de cima, representavam uma letra. Estava escrito "F". E mais nada. Fotografei. Teria a vítima tentado nos dizer quem era o seu assassino?

— Onde está o responsável pela casa? — Billy questionou um garçom da festa, que observava tudo, de longe, enquanto bebia a terceira taça do espumante que carregava na bandeja.

— No... no escritório do segundo andar — gaguejou, escondendo a taça vazia atrás das costas.

Encontramos o sr. Percifrânio Figueiras no momento em que ele deixava sua sala. Era um senhor de seus oitenta e tantos anos, com dentes amarelados e pele manchada pela idade, mas muito ágil e simpático. Vestia um colete e uma calça risca de giz antiga que cheirava a alfazema.

— Tenho esta casa há muitos anos. Foram centenas de festas infantis. O dia em que resolvo ampliar os negócios e oferecer o espaço para festas adultas, isso me acontece — resmungou, enquanto me indicava um sofá na recepção.

— O que essas criaturas estavam fazendo aqui? Nunca vi alguém convidar um bicho-papão para uma festa — comentei, ao me sentar no sofá de couro marrom.

— Foi um pedido do aniversariante. E haviam mais, mas alguns não vieram. Bem, é possível que um ou outro tenha se atrasado...

— E quem é o aniversariante? — interrompeu Billy.

— Os convidados não sabem de nada. Acham que é só uma festa da alta sociedade, mas foram convidados para o aniversário do saci. O morto! — revelou. — Contaríamos a todos no final, na hora do bolo.

Billy e eu arregalamos os olhos. O caso estava ficando muito interessante.

CAIPORA DA SELVA
00:35

FICHA CRIMINAL

Nome: Caipora da Selva

Naturalidade: não estabelecida.

Características físicas: silvícola nem gordo nem magro, de peito nu, cabelo eriçado, braços peludos e rosto pintado. Olhos da cor do fogo. Carrega um galho comprido e flexível, com um cacho de sementes em uma das pontas e pequenos espinhos no caule (informou-nos ser de japecanga).

Lugares que frequenta: de norte ao sul do Brasil.

Atividades: diz-se protetor das matas e que pode ressuscitar animais.

Observações: possui um porco-do-mato de estimação chamado Juvenal.

ferrão do Caipora

PROPRIEDADE DA POLÍCIA

CAIPORA, O PRIMEIRO SUSPEITO

— Sente-se, por favor — pedi.

— Cadê o meu porco? O Juvenal não gosta de estranhos.

— O suíno está bem, descansando no canil vazio da DP. Achamos que seria mais confortável para ele — respondeu Billy.

Sentado no outro lado da mesa estava um silvícola nem gordo nem magro, de peito nu, cabelo eriçado, braços peludos e o rosto pintado. Seus olhos tinham a cor do fogo. Antes de desarmá-lo, ele carregava um galho comprido e flexível, com um cacho de sementes em uma das pontas e pequenos espinhos no caule. Ele nos informou ser de japecanga, cujo chá servia para curar reumatismo, úlcera, gastrite, acne, herpes e infecção urinária, entre outras coisas. Não sei, não. A impressão que eu tive era de que ele usava aquilo mais como açoite e menos como remédio.

A sala de interrogatório era quente e úmida. As paredes tinham cor de cimento e um espelho no meio, que servia de janela para a sala ao lado, igual aos filmes policiais que vemos na TV. Podíamos ligar o ar-condicionado se quiséssemos, mas o calor e o desconforto ajudavam a soltar a língua do suspeito. Aliás, "do" não. "Dos". Trouxemos cinco deles para a delegacia. Billy estava certa de que o "F", supostamente escrito no chão pela vítima, significava "folclore".

— Vou precisar de um advogado? — perguntou o suspeito.

— Se achar que vai precisar, pode chamá-lo — diante da negativa, Billy continuou: — Senhor Caipora da Selva, pode nos explicar quando foi que você percebeu que o saci estava morto? — Billy ligou o gravador do celular e deixou-o sobre a mesa.

— Foi o Juvenal quem descobriu. Deixei-o solto no quintal para se divertir entre a folhagem. Sabe como é, ele adora espalhar as pilhas de folhas que o jardineiro junta antes de ensacar. Só sei que quando fui fumar meu cachimbinho, meu amigo voltou grunhindo e levou-me até o Perereira...

— Quem é Perereira? — perguntou Billy.

— O nome da vítima, ora essa. Vai me dizer

que não sabia? Ou você achava que só existe um saci? Cada um deles tem um nome — o Caipora deu um sorriso irônico.

— É claro que sabemos! — entrei na conversa e joguei a pasta com a ficha da vítima sobre a mesa. — Saci Perereira! Já foi autuado por desordem e por pequenos furtos.

— Continue — a seriedade de Billy apagou o sorriso do rosto do suspeito.

— Só isso. Quando vi o que era, dei o alerta e vocês chegaram.

Silêncio de dez segundos.

— Posso ir agora?

Billy se levantou e deu uma volta na mesa. Eu já sabia o que significava aquilo: ela atacaria de policial mau. O papel do bom sobrou para mim.

— Qual é a sua verdadeira relação com a vítima? Não enrole a gente! — e deu um tapa na mesa. Acho que deve ter machucado a mão, mas ela permaneceu firme.

— Como assim, a minha relação? Não entendo!

— Coopere, amigo. Será melhor pra você —

tentei cumprir o meu papel nesse clicheresco folhetim. — Desconfiamos que o assassino é um convidado do folclore brasileiro. É possível que a vítima tenha escrito a letra "F" no gramado antes de morrer. Ainda estamos analisando a grafia, mas tudo leva a crer que é mesmo dela.

Billy e eu resolvemos não falar que aquela era uma festa de aniversário e que os convites foram um pedido do Saci Perereira. Guardaríamos essa informação para não atrapalhar as investigações.

A detetive saiu da sala, enquanto o suspeito processava essa última informação, e voltou segundos depois com um saco plástico. Dentro dele estava um objeto que foi retirado do suspeito quando as investigações começaram.

— Então me diga por que este cachimbo tem a inicial "P" escrita nele!

— Esse na-não é o meu cachimbinho — gaguejou o Caipora.

— Como não? Pegamos este cachimbo com você, junto com o porco e o açoite. Estava entre os seus pertences! Vai negar isso?

Embora tentasse aparentar tranquilidade, o

Caipora estava tenso. O calor não ajudava, e o suor escorria para os olhos, queimando-lhe a visão. Como explicar o cachimbo? Não havia saída a não ser contar a sua verdade. Ou pelo menos a verdade que interessava.

— Está bem. Deixa eu explicar por que esse cachimbo está comigo.

Billy puxou a cadeira, virou-a para trás e sentou-se ao contrário, como quem monta um cavalo. Apoiou os braços no encosto do móvel e fitou o suspeito com um olhar inquisidor.

— Há alguns meses, o sr. Perereira e eu tivemos um quiproquó por causa do Juvenal. Ele aproveitou que meu parceiro estava dormindo e deu um monte de nós nos pelos das suas costas. Não sei como ele não acordou. Eu estava fazendo minhas necessidades necessárias quando isso aconteceu. Cheguei a tempo de ver o pé de vento indo embora para os lados do bambuzal.

— Então foi por causa disso que você decidiu matá-lo? — provocou Billy.

— Credo! Não! Não tenho relações com a magrela da foice. Ao contrário! Já soprei vida no focinho de bacurinhos mortos. Alguns envelheceram e hoje são porcos grandes e peludos — sorriu, tentando angariar a simpatia dos presentes.

— Hein?

— Dizem que o Caipora pode reviver alguns animais mortos — expliquei.

— Escute o seu colega, dona. Eu sou do bem!

— Nunca vi um criminoso dizer que era culpado — respondeu a detetive. — São todos "do bem".

— Conte, Caipora. Conte sua história.

***

O saci e o Caipora

O problema dos vícios é que são inimigos teimosos, difíceis de derrotar. Quando a gente acha que se livrou deles, eles voltam na maior cara de pau. Depois que o Caipora parou de fumar, passou a dar longas caminhadas solitárias pela floresta, enquanto seu porco-do-mato dormia durante a manhã. Não estava atrás de caçadores, mas de alguma coisa que o distraísse da angústia dos ex-fumantes. Certa manhã, ao voltar para junto do seu amigo, notou um pé de vento passar por ele e sumir na distância. Observou Juvenal, seu queixada dorminhoco, e percebeu os nós. Suas costas estavam cobertas de nozinhos. Como o animal não possuía o pelo muito longo, uma boa dose de habilidade era exigida para tal afronta.

Quem dominava tal habilidade? Quem conseguiria realizar algo tão ultrajante sem ao menos acordar o Juvenal?

Um saci, é claro. E, ali na região, o Caipora só conhecia um. O Perereira!

O bambuzal ficava a meio quilômetro, mais ou menos. O Caipora acordou seu porco e cortou os nós com a ponta do ferrão que carregava amarrado em um galho de japecanga. O bicho se sacudiu, injuriado. Pudera. Havia mais de vinte buracos no pelo das suas costas. O protetor da caça montou em seu queixada e voou rumo à morada do saci. Isso não ficaria assim. Ninguém faz isso com ele. Por muito menos já enfrentou caçadores armados até os dentes.

Era um bambuzal imponente. Devia haver centenas de bambus verdes e amarelos, os mais altos com quase vinte metros de altura. O Perereira podia estar em um gomo do caule de qualquer um deles. Em volta do grupo de bambus havia muitas cascas secas no chão. A planta, quando cresce, solta uma casca semelhante ao papel, com a aspereza da pele de um tubarão. Não tinha como o Caipora se aproximar sem fazer barulho. Sabendo disso, o pequeno protetor da caça não buscou o silêncio. Já chegou berrando, chamando pelo saci e batendo nos caules ocos que podiam servir-lhe de abrigo.

– Cadê você, Perereira? Saia daí, ô sem-vergonha!

Foi Juvenal quem indicou o pé de vento

que se aproximou enquanto seu dono esbravejava para o bambuzal. O saci surgiu, sorridente. Vestia seu costumeiro *short* vermelho, um gorro da mesma cor e, por cima deste, um chapéu tipo panamá.

– Ei, primo! Que houve com o Juvenal? É penteado novo? – e pôs-se a rir um riso agudo.

– Não me venha com piadas! Você sabe muito bem o que você fez. Eu senti a ventania disgramada assim que cheguei em casa. E sei quem é o mau elemento que dá nós em animais inocentes. Então? Como é que fica?

– Como fica o quê?

– Como vai me pagar esse ultraje? Fumo ou bebida?

– Tenho bebida, não.

– Então me dê seu fumo!

– E se eu não der? – desafiou o saci.

– Aí vamos ver se você terá um teto hoje.

O Caipora juntou algumas cascas secas com o pé e riscou um fósforo.

– Eu estava só brincando, primo. Toma! Leve um pouco do meu fumo. Não me culpe por tentar. Afinal de contas, soube que você tinha largado o vício. Eu sempre achei muito fácil parar de fumar. Eu mesmo já parei umas trinta vezes – riu da própria bobagem.

E pior que o Caipora tinha largado mesmo. Mas não podia deixar os nozinhos barato. Afinal, o que o Juvenal pensaria dele, se não o defendesse? Era o fumo ou o fogo!

Quando o dia nasceu e o queixada se aninhou para dormir, o Caipora recostou-se em um tronco e olhou para o saco de fumo que o saci lhe havia entregue. Foi uma noite agitada. Era sexta-feira e todos sabem que o Caipora não permite caças às sextas. Durante a semana tudo bem, contanto que não seja caça prenha. E nos sábados, domingos e dias santos, só se a família do caçador estiver precisando muito da carne. Mas nas sextas não podia de jeito algum. Era proibido. Ainda assim, apesar de público e notório, o Caipora precisou espantar pelo menos uns seis caçadores naquela noite. Assustou os cães, confundiu os homens e reviveu pelo menos um tatu, morto pelos miseráveis.

Seu corpo estava moído. Mal teve tempo de almoçar. Resolveu fumar. O que que tem? Ninguém estava olhando mesmo.

Pegou um pouco do fumo e colocou em seu cachimbo. Acendeu.

BUM!

O cachimbo explodiu em mil pedacinhos. Juvenal chegou a abrir um olho, mas logo voltou a dormir.

***

— E foi assim que aconteceu, seu polícia. Quando o Juvenal me avisou do corpo do Perereira, dei um jeito de pegar o cachimbinho do safado. Já que o saci destruiu o meu, achei que seria justo ficar com esse daí. Afinal, ele não vai mais precisar, não é?

— Isso só te complica, rapaz — alertei.

— E cadê o ferrão? — perguntou Billy.

— Hein?

— Está surdo? Na história que você contou, você menciona um ferrão. Cadê ele? — Billy bateu na mesa novamente. — Não está entre as coisas que apreendemos.

— O fe-ferrão?

— Não. O furão. Claro que é o ferrão — Billy empurrou a cadeira e levantou-se, impaciente.

— Deve ter caído no jardim da casa de festas.

Liguei para o policial Honaldo, com agá, para que fizesse uma busca pela arma.

— Sua situação não é nada boa, Caipora. Mas, por enquanto, é só. Você deve permanecer aqui na delegacia — expliquei antes de abrir a porta da sala de interrogatórios. — Ferdinando, por favor, leve-o até o canil e deixe-o ver seu porco. Depois traga-nos o segundo suspeito.

O guarda Ferdinando levou o suspeito. Billy e eu olhamos nossas anotações. Vi que ela circulou uma ou outra frase.

— O corpo tem um corte no braço direito. Seria bom encontrar o tal ferrão para ver se há o sangue da vítima nele.

— E ainda tem os fios de cabelo avermelhado encontrados na mão do Perereira. É melhor pedir para a perícia comparar com os pelos do Juvenal.

Olhei para a minha parceira.

— Acha que o pegamos?

— Não sei. Tenho outro suspeito em mente. Quem você conhece que usa chapéu-panamá?

BOTO

FICHA CRIMINAL

CONFIDENCIAL

Nome: Boto

Naturalidade: Amazônia.

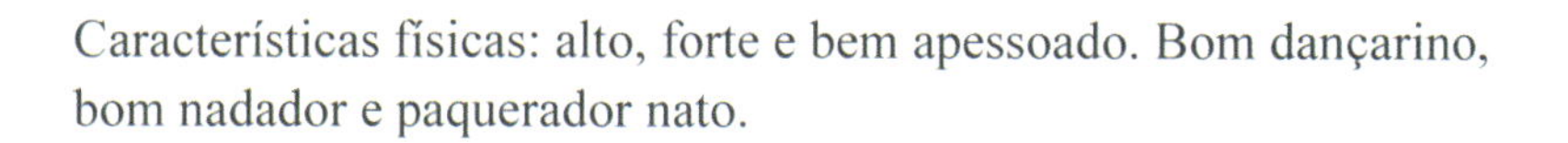

Características físicas: alto, forte e bem apessoado. Bom dançarino, bom nadador e paquerador nato.

Lugares que frequenta: povoados ribeirinhos dos afluentes do rio Amazonas (principalmente em festas e bailes).

Atividades: fazedor de filhos.

Boto

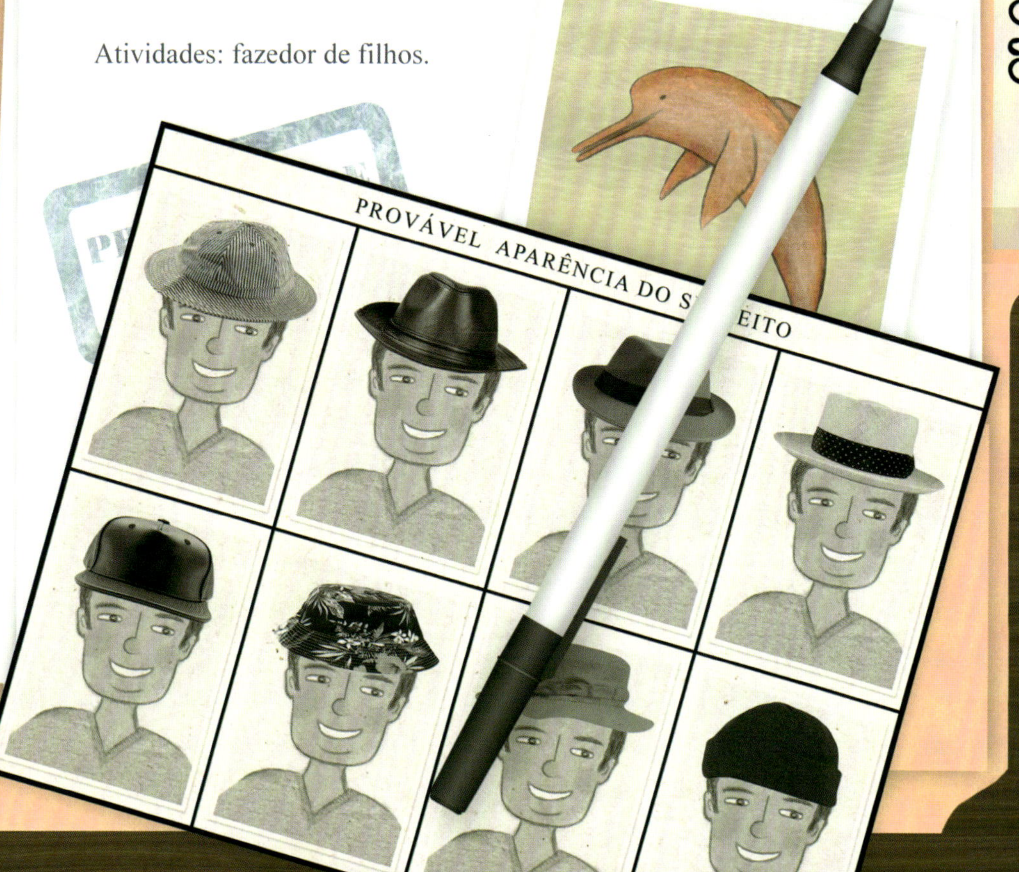

BOTO, O SEGUNDO SUSPEITO

— Sente-se, por favor — indiquei a cadeira vazia para o Boto.

O suspeito era um rapaz alto, branco, forte e bonito, que aparentava ter por volta de vinte e poucos anos. Estava vestido com um terno branco de algodão, uma camiseta rosada com a gola em "V" e uma sandália de tiras de couro. Óculos escuros e um boné de *baseball* completavam o visual.

O interrogatório não tinha nem começado e ele já suava bastante.

— Vocês teriam um copo d'água? Estou derretendo aqui.

— Daqui a pouco o Ferdinando traz. Enquanto isso, vamos conversar um pouquinho — sugeri.

— O que vocês querem comigo? É por causa da letra "F"? Não tenho nada a ver com aquilo.

— Como sabe da letra "F"? — perguntei.

— Todos já sabem. Ouvimos os comentários quando estávamos sendo trazidos para cá. E o Caipora nos confirmou assim que saiu desta sala. É por isso que vocês só trouxeram cinco de nós para a delegacia? E os outros convidados?

— Pegamos os contatos de todos, e nossa equipe já está conversando com eles — continuei. — Vocês eram os únicos seres do folclore que já tinham chegado na casa de festas. Por isso, estão aqui.

— É o que dá chegar na hora — resmungou.

Pedi licença, levantei-me e fui até a sala ao lado, onde Ferdinando e os outros estavam nos observando pelo vidro.

— Eu disse para separar os suspeitos! Não os deixem juntos, poxa vida! Será que vocês querem sabotar a investigação? — reclamei, baixinho, para que o Boto não ouvisse.

Ferdinando apontou para dentro da sala de interrogatórios. Olhei pelo vidro e percebi o suspeito sussurrando alguma coisa no ouvido da minha parceira. Ela estava esquisita, como se hipnotizada pelas palavras do Boto. Lembrei que ele tinha a fama de seduzir as mulheres. Podia ser uma jovem ignorante ou uma detetive experiente, acostumada com as malandrices dos vadios. Não importava. Todas eram vítimas de sua lábia perfeita.

Voltei rapidamente para a sala e, sem dizer nada, arranquei o boné do rapaz, expondo seu respiradouro no alto do cocoruto careca. Isso pareceu ter provocado um choque de realidade em Billy, que logo voltou ao normal.

— O que é isso na sua cara? Acha que está na praia? Tire os óculos agora! — ordenou a detetive.

O Boto tentou argumentar, mas ela não quis nem saber.

— Tire agora, já disse!

O olho roxo não combinava com a roupa. Por isso os óculos.

— Pode explicar o hematoma? — perguntei.

— Isso aconteceu esta semana. Eu estava com uma menina em uma festa quando alguém me acertou.

— Foi o Perereira que fez isso quando tomou seu panamá?

— Ele não estava com o meu chapéu na La Cueva — deixou escapar. — Como sabe que ele pegou...?

— Esse bonezinho não combina com sua roupa. Além disso... Ah! Quer saber? Não interessa!

Sabemos que ele pegou o seu chapéu e ponto-final — Billy ainda estava um pouco esquisita.

— Err! Cadê a água? — pediu.

— Colabora com a gente, peixe. O saci te roubou o chapéu e te deu uma surra, não foi? Por isso você o matou — resumi.

— Eu posso explicar!

Bateram na porta da sala de interrogatórios. Fui atender. Era Ferdinando. Disse que encontraram o ferrão do Caipora entre as folhas caídas do jardim. A arma foi enviada para o laboratório de análise da polícia, pois parecia haver sangue seco em sua ponta. O policial Honaldo, com agá, achou também um outro gorro vermelho dentro de um saco de folhas. Ficou com ele para ajudar nos depoimentos dos funcionários da La Cueva.

— Então explique para a gente, por que sua batata está assando — ameacei o Boto depois que fechei a porta.

O saci e o Boto

Não há nada que o Boto goste mais do que namorar. Ele frequenta os bailes das povoações ribeirinhas, bebe, dança, conversa e seduz as moças que encontra. Dizem as más línguas, e algumas boas também, que o Boto é o pai dos filhos de todas as moças solteiras.

Não é à toa que os rapazes o detestam. Sempre que há uma festa, monta-se uma equipe de vigilância. Pais, tios e irmãos acompanham as donzelas e vigiam os galanteadores. Algumas vêm ancoradas por tias velhas solteironas, interessadas no mancebo dos rios.

Mas o boto, que não é bobo, engana fácil o bobo, que não é boto. A única parte do corpo que poderia denunciá-lo é coberta por um chapéu. O buraco do seu respiradouro fica no cocoruto, tal qual um vulcão em uma ilha deserta envolvida por um mar de cabelo dourado. E assim ele passa as noites de comemorações até o amanhecer do dia seguinte, quando o sol esquenta a pele e ele precisa voltar para as águas.

Há poucos dias, celebrou-se a festa de casamento de dois dos mais conhecidos *socialites* da região. Felismundo Comingas e Marivalda Minestrone receberam os convidados na rica fazenda da família do nubente. A propriedade era cortada por um rio que seguia em direção a uma mata fechada, salpicada de bambuzais aqui e acolá.

Lá pelas tantas da noite, quando todos já haviam baixado a guarda, Ritinha, irmã caçula do noivo, reparou em um rapagão vestido de branco, que estava sentado, sozinho, em uma mesa distante e que balançava os pés no ritmo da sanfona do seu Jurevaldo, o músico da festa. A moça de dezoito anos achou graça e encarou o estranho. Ele desviou o olhar, tímido.

Ah! Mas Ritinha adorava os tímidos.

– Banoite. Sou a irmã do noivo. O senhor é convidado de quem?

– Banoite. Sou convidado da noiva.

– Prazer, viu? Meu nome é Ritinha.

Deu a mão para o cumprimento.

– O prazer é meu, dona. Sou José.

– Você sabe dançar, José?

– Ô se sei.

O rapaz se levantou e estendeu a mão para que a moça o acompanhasse. Ambos dançaram por mais de hora.

– Não sabia que você era um pé de valsa. Somos a sensação da festa!

– Somos? – olhou para os lados. – Então vamos parar um pouquinho e beber um refresco? Está muito quente e sinto um calor que me derrete.

O casal se serviu de ponche e sentou-se nas raízes altas de uma figueira centenária. Conversa vai, conversa vem e, em minutos, estavam aos beijos. Foi quando bateu o pé de vento.

Svushshs! O chapéu do dançarino voou e perdeu-se.

– É ele! O boto! Está com a Ritinha! Pegue-o! – gritou uma tia velha.

– Prende o cabra! Prende o cabra! – ordenou o noivo.

– Cerca pelo lado de lá! – sugeriu um padrinho.

Não havia cabelo no meio da cabeça. Só um buraco por onde entrava e saía o ar. Ritinha tomou um choque e se recompôs. Ela, finalmente, se deu conta do perigo que corria. Fechou a mão direita e acertou um soco no olho do Boto. Deu com toda a força que tinha, mas ele conseguiu fugir para o rio e escapar da turba nervosa.

No dia seguinte, ainda com uma dor de cabeça danada, ao nadar na direção da corrente para dentro de um igarapé, encontrou o Cabeça de Cuia, um rapaz condenado pela mãe a viver nos rios em busca de vítimas para reverter seu augúrio. CC, como alguns o chamavam, estava sentado na beira do rio tomando sol. Em sua cabeça, um chapéu-panamá, igual ao que pertencia ao Boto e que fora levado pelo vento. A única diferença era o tamanho descomunal da peça.

– Eu tinha um chapéu igual a esse, mas o perdi ontem – comentou para puxar assunto.

– Ganhei ontem de um saci. Ele era menor, mas o moleque tirou alguma mágica do seu gorro e transformou-o nisso daqui. Não sem antes fazer uma piadinha humilhante. Ah! Mas ainda pego o bandido! Quer para você? Não me acostumei.

CC jogou o adereço para o Boto e mergulhou nas águas, sumindo em seguida. O Boto examinou o chapéu e certificou-se de que era mesmo o seu. Tomou a forma humana e saiu do rio em direção ao bambuzal. Ele convenceria o saci a desencantar o panamá.

Chegou em um bambuzal farto, com centenas de bambus verdes e amarelos. Tomou um susto quando, sem precisar chamá-lo, um saci surgiu à sua frente.

— Mas que interessante! Um boto de pernas e umbigo na cabeça. E com um chapéu gigante. Parece até história do Lewis Carroll.

— Deixa de conversa fiada, seu duende de uma figa. Arrume meu chapéu! Sei que foi você que o soprou para longe e transformou-o neste paraquedas.

— Ah! Desculpe-me. Entregue-me aqui que eu conserto meu erro.

O Boto entregou o que o saci pediu. O malandrinho despiu sua carapuça, tirou sua mágica de dentro e jogou-a sobre o panamá descomunal.

— Pronto. Agora é só molhar no rio que voltará ao normal.

Ambos seguiram até a margem do rio e o Boto mergulhou o chapéu na água. Deu certo. Enquanto o próprio Boto se transformava, a peça de vestuário começou a encolher. E encolheu mais. E mais. Até desaparecer de tão pequena.

— Molhou demais, seu bobo. Não leu

na etiqueta que não se deve usar tanta água?

A risada do saci enfureceu o Boto, que bateu com a cauda na água, espirrando litros para cima do moleque de uma perna só. O pequeno duende caiu para trás e fugiu em um pé de vento. Na pressa, não notou que seu gorro vermelho foi arrancado com o impacto da água em seu rosto. Perceberia tarde demais.

Perereira estava desprotegido. Ainda tinha alguma mágica, mas devia obediência ao novo dono da carapuça.

***

— Entendeu? Por que eu o mataria se já tinha o seu gorro? Ele não era uma ameaça para mim. Além disso, o danado me prometeu um panamá novo até o final da festa.

— Quando foi isso? — indaguei.

— Assim que eu cheguei na La Cueva, ele veio me pedir a carapuça vermelha de volta.

Garantiu-me que outra pessoa traria um chapéu--panamá novinho ainda hoje. Eu respondi que só devolveria o dele quando ele me entregasse o meu. Ele insistiu um pouco, mas terminou concordando, embora... Não... Deixe pra lá.

— Embora o que, criatura? Conte tudo! Esqueceu onde está? — Billy foi enérgica.

— Embora eu acredite piamente que ele estava me enrolando. Em vez de trocar o gorro vermelho por um chapéu novo, ele queria era recuperar a carapuça na marra. Ah! Mas não conseguiu.

— E de quem é o capuz que encontramos no saco de folhas? — perguntei.

— Não sei. Talvez seja dele mesmo. O que estava comigo eu joguei em cima de uma árvore assim que soube da morte do peste. Não queria me envolver nessa história toda.

— Mas agora já está envolvido. Estou achando que o senhor quis vestir a carapuça do saci, talvez para garantir suas conquistas. Por isso resolveu eliminar o único ser que poderia entregá-lo — concluiu Billy, antes de se levantar e caminhar até a porta.

— Entendeu errado, policial. Eu não preciso da carapuça para me dar bem. Você deveria saber disso, já que quase nos entendemos.

— Fique na delegacia. Não terminamos com você — Billy foi seca.

— E o boné? — eu estava curioso.

Ainda estava na minha mão. Entreguei-o para o suspeito. Era muito esquisito olhar para aquele respiradouro.

— Furtei de um garoto na rua. Vai me prender por causa disso?

— Ferdinando! Leve este e traga o próximo — pediu Billy. — Mantenha o indivíduo sob forte vigilância e não o deixe conversar com nenhuma policial!

o saci o presenteou com um chapéu.
CABEÇA DE CUIA
(PIAUÍ)
CRISPIM - CABEÇA DE CUIA - CC

Cabeça de Cuia

FICHA CRIMINAL

Nome: Crispim – Cabeça de Cuia (CC)

Naturalidade:
Piauí.

Características físicas: alto, magro e cabeça avantajada.

Lugares que frequenta: rio Parnaíba e suas margens.

CONFIDENCIAL

Atividades: se faz passar por u[...]edra e derruba barcos.

Observações:
Rapaz esconjurado pela m[...] e condenado a v[...]
de vítimas para reverter [...] augúrio.

[R]egistrou-se que o[...] [e]mbarcações foram v[...]
[E]xiste um manda[...]e prisão e estava send[...]
Não há conheci[...]to de vítimas fatais.
Alega inocên[...] que não foi proposital e q[...]

CABEÇA DE CUIA, O TERCEIRO SUSPEITO

Foi com uma certa dificuldade que ele atravessou o vão da porta da sala de interrogatórios. Era preciso entrar meio de lado ou as orelhas impediriam a passagem.

— Sente-se ali, Crispim — ofereci a cadeira. — Ou prefere que te chamemos de Cabeça de Cuia?

— Me chame de CC. Não gosto do apelido — respondeu.

A detetive e eu nos sentamos de frente para o indivíduo. Enquanto eu passava os olhos em sua ficha, Billy ligou o gravador do celular e deu início à conversa.

— Está bem, CC. Você já deve saber que encontramos o corpo de um amigo seu, folclórico colega brasileiro...

— Ele não é meu colega. Muito menos meu amigo — interrompeu.

— Então, deixe-me te fazer uma pergunta direta. Você matou o Perereira? — perguntou Billy sem rodeios.

— Eu?! Não! Claro que não! Tivemos nossas diferenças, eu sei. Mas...

— Sabemos que vocês se conheciam e que tiveram contato recente. Ele te presenteou com um chapéu, não é isso? — Billy olhou suas anotações.

— Não foi bem um presente. Esse saci é, ou era, desculpe, muito brincalhão. Foi mais uma piadinha que ele fez. Nada demais.

— Você sabia que o chapéu era de outra pessoa, não sabia? — Billy marcava sob pressão.

— Eu não sabia até o Boto me dizer. Olha, gente, não tenho nada a ver com a morte desse moço. Vocês estão perdendo tempo.

— Nós não perdemos tempo, rapaz — eu intervim.

— Está bem, o que eu quero dizer é que não fui eu. Sou incapaz de matar alguém.

— Não é o que diz a sua ficha aqui — intervim novamente. — Segundo consta, só nos últimos doze meses, temos o registro de oito embarcações viradas por você no rio. Existe um mandado de prisão, e o senhor estava sendo procurado pela polícia há algum tempo. Por sorte, não temos conhecimento de vítimas fatais.

— Foram os barcos que bateram em minha cabeça. Não foi de propósito. Eu descanso dentro d'água.

— Sabemos. Como sabemos também de sua história. Seu pai era pescador e morreu, deixando você e Maria, sua mãe idosa e doente, no mundo. Não havia dinheiro, e a pobreza era tanta que, certo dia, a velha não tinha outra coisa para oferecer a não ser uma sopa de osso de canela de boi. Você sentiu raiva da vida miserável e matou sua mãe com o osso da sopa. Antes de ela morrer, rogou-lhe uma praga. Sua cabeça incharia de remorso e você seria obrigado a viver no lodo dos rios até devorar sete virgens chamadas Maria — Billy mostrou conhecer o nosso folclore como ninguém.

Crispim cobriu os olhos com as mãos e pôs-se a chorar. Fora pego. Se o prendessem nunca mais conseguiria escapar da predição. E faltava tão pouco...

— Eu nunca devorei ninguém — mentiu. — Por que acha que ainda estou assim?

— Pode não ter devorado. Mas virou embarcações. Causou prejuízos e é procurado. Hoje você não sai daqui. Espero que tenha um bom advogado. Claro que, se cooperar conosco, isso poderá contar pontos ao seu favor — acrescentei.

— Eu conto o que vocês quiserem. Querem saber o que aquele moleque fez comigo? A história do chapéu?

— Somos todos ouvidos — respondeu Billy. — Mas tem outra coisa. Reparei em um galo na sua testa. A vítima tinha um bem parecido com esse. Isso seria alguma coincidência inexplicável?

Eu não havia pensado nisso. Claro que o galo na testa do Cabeça de Cuia poderia ter diversas explicações. Não deve ser fácil carregar um cabeção pesado daqueles. Vimos bem a dificuldade que ele teve em passar pela porta. Mas em uma investigação criminal temos de suspeitar de tudo.

— Eu conto. Eu conto.

O saci e o Cabeça de Cuia

Tudo na vida tem um limite. Ninguém

melhor do que o Cabeça de Cuia para comprovar isso. Sua vida fora difícil por ele não conseguir controlar suas emoções.

Depois da morte de sua mãe, Crispim fugiu para o rio e jogou-se em suas águas, nadando para o fundo. Sua cabeça inchou demais. Agigantou-se. E, à medida que crescia, trazia-lhe dores quase insuportáveis. Devido ao agouro, desenvolveu guelras atrás das orelhas que permitiam que ele respirasse debaixo d'água. Ficou semanas recluso, longe da luz e dos tumultos do mundo de cima. Alimentava-se de peixes. Seus dentes afiaram. Suas pupilas dilataram, escurecendo todo o espaço dos olhos. Com o tempo, as dores cessaram e Crispim voltou à superfície.

Descobriu que não podia sair da água. Seu corpo franzino não permitia que sustentasse tamanho bestunto. Aos poucos foi adquirindo forças e, embora ainda muito magro, com o tempo sua coluna passou a suportar o peso extra.

Tudo muito demorado. Tudo muito dolorido.

Ah! Se o arrependimento fosse a conclusão de tal sentença. Ainda faltavam as Marias. Mas Crispim não queria devorar ninguém. Nem que para isso passasse o resto da vida com a cabeça inchada.

Ele ficava por ali, no meio do rio. Seu cocoruto, única parte do corpo exposta na superfície, nada mais era do que uma pedra no meio do caminho. Um obstáculo para os barcos e seus passageiros felizes. Para os pescadores com as canoas recheadas de pescado. Para os namorados que se beijavam ao luar. Para os ricos que expunham sua riqueza com lanchas modernas e caras.

Ora essa! Afinal, o que eram sete Marias? Será que fariam a mesma falta ao mundo como a que o mundo fazia a ele?

Crispim virou um monstro dos rios,

derrubando embarcações com a cabeça e procurando, entre os náufragos, virgens de nome Maria.

O tempo passou. As pessoas passaram a se referir ao monstro como "Cabeça de Cuia". Chamavam-no de "cabeção", "bicho cabeçudo" e outros nomes semelhantes. Virou motivo de piada e chacota entre os que não se aventuravam nas águas. Por diversas vezes ouviu passantes das beiras apontarem para pedras e rirem da sua sorte. E para somar miséria à má sorte, as dores de cabeça voltaram. Enxaquecas fortíssimas causadas pelo choque da cabeça com os barcos.

Era uma manhã de domingo quando Crispim foi abordado por um saci na beira do rio onde morava.

– Ô, pobre rapaz, por que tanta tristeza? – perguntou o travesso.

Crispim não gostava muito de conversas, mas havia algo naquele moleque de uma perna só que lhe transmitia confiabilidade. Verdade seja dita, ele nunca foi bom em julgamentos.

– Minha vida é a pior que existe. Estou condenado a viver em sofrimento e humilhações. Todos me apontam e me chamam de cabeção, de coco inchado... Ofensas cabeludas! Sou assombrado por enxaquecas terríveis. Não sei mais o que fazer.

– Deixe disso, rapaz. Sua cabeça nem é tão grande assim. Talvez um pouco maior que a de um adulto mediano. Não deixe os comentários maldosos te incomodarem. Releve!

– Você acha mesmo, seu...?

– Perereira!

– Você acha mesmo, seu Perereira?

– Não só acho, como tenho certeza!

– Obrigado. É bom ouvir isso.

– Quanto a sua dor de cabeça, tenho uma receita de vitamina de frutas que é boa para isso. Por que você não aproveita e vai até a floresta pegar os ingredientes? Traga-me esta lista. Eu mesmo preparo a bebida.

Crispim pegou a lista e leu-a em voz alta.

– Quatro melancias, seis melões amarelos, duas jacas, cinco abacaxis... Ei, seu Pererreira, é muita coisa. Como farei para carregar tudo?

O saci tirou um despertador de dentro do gorro vermelho.

– Epa! Enganei-me. Isso é para acordar alguém antes que ele caia em sono profundo. Só um momentinho.

Finalmente, puxou um chapéu-panamá de dentro da sua carapuça e, antes de entregá-lo, esticou o objeto como se ele fosse feito de chiclete.

– Traga dentro do seu chapeuzinho, Cabeção!

E Pererreira sumiu, deixando sua risada e o pobre Crispim com o chapelão na mão.

— E foi assim que aconteceu.

— Matou-o, então, porque ele fez uma brincadeira de mau gosto contigo? Faça-me o favor! — Billy não estava para brincadeira.

— Eu já disse que NÃO O MATEI! — Crispim tentou se levantar, mas o olhar de Billy o deteve. — Ele merecia uma lição, *tá* certo. Mas não fui eu quem fez isso.

— Então quem foi, CC? — perguntei. — Você suspeita de alguém?

— Sei lá quem fez. Só quero voltar para o meu rio e descansar. Pode ter sido algum empregado da casa de festas. Eu achei o cozinheiro um tanto suspeito, com aquela barbicha de bode. Afinal, para que tantos sacos de farinha para fazer um bolo tão pequeno?

— Quem decide quem é suspeito aqui somos nós! E antes que você se esqueça, já temos uma cela te esperando. Ouviu bem? Esqueceu os barcos virados? Acha que vai ficar por isso mesmo? — lembrei.

Billy tinha um envelope nas mãos. Ela tirou duas fotos de dentro e colocou-as na frente do Cabeça de Cuia. Depois apontou para a primeira.

— Está vendo esse grande "F" aqui? Desconfiamos que o Perereira usou seu pé de vento para escrevê-lo no chão quando concluiu que estava morrendo. Tudo leva a crer que o assassino é alguém do folclore.

Crispim permaneceu quieto. O suor escorria de sua testa.

— Esta outra foto mostra um *close* da cabeça da vítima no local onde foi encontrada. Vê o calombo aqui do lado? É muito parecido com esse que você tem no meio da testa, não é? Pelo tamanho do calombo, podemos calcular o tamanho da pancada. Você não é o primeiro que ataca outra pessoa com uma cabeçada.

— *Tá* certo. Vocês me pegaram.

— Vai assumir o assassinato? Então assine aqui... — coloquei um termo de confissão na frente do suspeito.

— Ei! Eu não matei ninguém! Já disse. Ele nem deveria ter caído depois da cabeçada. A carapuça deveria protegê-lo de qualquer ataque.

— Então você o derrubou? — perguntei.

— Eu admito. Chamei o travesso para uma

conversa nos fundos do quintal. Pedi que se desculpasse. Como ele não o fez, dei a cabeçada. Não esperava que caísse, desmaiado. Chequei seu pulso. Estava forte. Juro que estava vivo quando saí de lá.

Não tínhamos mais perguntas. Chamei o Ferdinando para que levasse o Crispim e o trancafiasse em uma cela. Billy fez algumas anotações em seu caderninho. De longe, vi que ela estava montando uma espécie de linha do tempo.

Ainda havia dois suspeitos para ser interrogados. Um detalhe no relato de Crispim despertou a minha desconfiança de um deles.

— Tem uma coisa errada aqui — sugeriu Billy.

— Sim. Todos eles queriam vingança.

— Mas de onde vêm os arranhões? Por que havia pelo grudado em sua mão? Ainda há muito mistério nessa história.

— Pode ser. No entanto, acho que encontrei outra peça do quebra-cabeça.

— Como assim?

— Para que serve um despertador?

— Para acor... Já sei aonde você quer chegar!

PISADEIRA
PISADEIRA
62

FICHA CRIMINAL

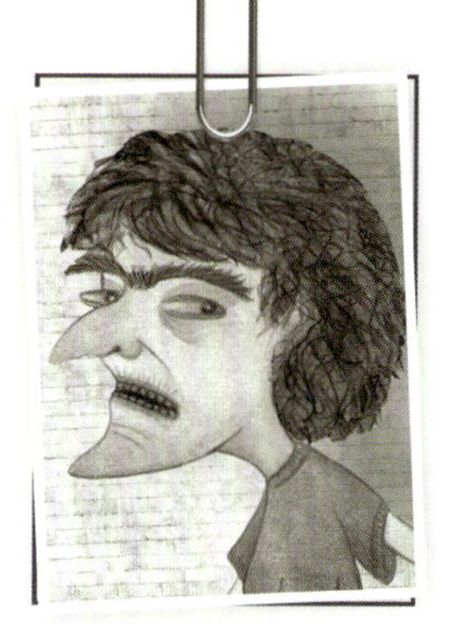

Pisadeira

Nome: Pisadeira

Naturalidade: São Paulo

Características físicas: mulher bastante feia. Magra, nariguda, queixo proeminente, cabelo desgrenhado, unhas muito compridas e imundas, dentes escurecidos, e olhos acesos e vermelhos.

Lugares que frequenta: Residências do sudeste do Brasil, mas já foi vista em outras regiões do país.

Atividades: causadora de pesadelos e falta de ar no
Invadia residências e, enquanto a vítima dormia, pi
interferindo no sono, causando pesadelos e dando-
Alimentava-se do medo dos pobres coitados.

unhas muito compridas e imundas.

Observações:
Foi presa duas vezes por arrombamento e invasão de propriedade. Na primeira, foi apanhada no momento em que entrou pela janela de uma casa. Na segunda, foi surpreendida pela enfermeira ao lad da cama do seu paciente, um senhor idoso que sofria de falta de

PISADEIRA, A QUARTA SUSPEITA

Ferdinando trouxe-a para dentro da sala. Era uma mulher bastante feia. Magra, nariguda, queixo proeminente, cabelo desgrenhado, unhas muito compridas e imundas, dentes escurecidos, e olhos acesos e vermelhos.

A suspeita parecia fazer questão de se mostrar desprezível. Mal entrou na sala e soltou uma bela cusparada no chão, perto do sapato da detetive Billy. Para que, não é mesmo?

— Sente-se, estrupício! — ordenou, com sotaque, a policial.

— Isto é uma perda de tempo! Não sei o que estou fazendo aqui — resmungou.

— Senhora Pisadeira, não é mesmo? — perguntei. — Segundo sua ficha, a senhora já foi presa duas vezes por arrombamento e invasão de propriedade. Na primeira, foi apanhada no momento em que entrou pela janela de uma casa. Na segunda, foi surpreendida pela enfermeira ao lado da cama do seu paciente, um senhor idoso que sofria de falta de ar.

— Já tem tempo isso — rezingou.

— Sabemos qual é o seu *modus operandi,* Pisadeira. Não precisa esconder. Sabemos também que só poderemos prendê-la por invasão se houver flagrante ou provas irrefutáveis que resultem em um mandado, e até agora só temos provas circunstanciais — expliquei.

— Já que isso está resolvido, então por que estou aqui? Não fui eu quem matou aquele moleque teimoso.

— A senhora se lembra de termos recolhido amostras do material contido debaixo de suas unhas assim que chegou à delegacia?

— Lembro. Não deveria ter permitido isso.

— Pois é. Por incrível que isso possa parecer, conseguimos o resultado do laboratório em tempo recorde. E adivinhe o quê? — blefei.

— Eu te acho um gato. Você me acha bonita, seu puliça? — pousou sua mão de dedos compridos e cabeludos em meu braço.

A pergunta da Pisadeira me desconcentrou. Primeiro, porque eu estava no meio de um blefe e é algo que não estou acostumado a fazer. Segundo, porque a ideia de receber uma cantada de alguém tão ruim e asquerosa me arrepiava. Rapidamente puxei o braço. Era só o que me faltava. Fui salvo pela minha parceira.

— Aqui não é lugar para isso! Comporte-se! E preste atenção ao que o detetive Joaquim está te perguntando. Não se esqueça que você é suspeita de um crime e que nós temos prova de que está envolvida!

— Envolvida? Eu? Do que vocês estão falando?

— O material recolhido foi analisado e descobrimos partículas da pele da vítima. Foi você quem deu a unhada na barriga do Perereira — Billy colocou uma foto do corpo em frente à suspeita e confrontou-a com sua agressão.

— Sabemos que foi você quem matou o saci — acusei.

— Ei! Ei! Pera lá! Pera lá! — protestou. — Minha unhada não matou o moleque — entregou-se. — Só quis dar uma lição nele! Eu o deixei vivinho da silva. Vocês estão enganados, fofinho! Talvez seja melhor eu chamar um advogado.

— Então conte-nos o que aconteceu no quintal da La Cueva — alvitrou Billy.

A Pisadeira se recostou na cadeira de plástico e olhou-me de um jeito estranho. Coçou o queixo pontudo.

— Eu conto. Mas preciso explicar tudo desde o começo para vocês entenderem o porquê da minha agressão. Esse saci não era flor que se cheirasse. Sei que não sou santa, mas ele era bem pior. E tem outra coisa... — silenciou-se, aguardando que perguntássemos.

Olhei para minha parceira, já um tanto irritado com a enrolação.

— Que é agora? — perguntei.

— O que eu disser aqui não poderá ser gravado nem usado contra mim. Se perguntarem depois, eu negarei tudo — avisou.

A prioridade era resolver a morte do saci. Tínhamos uma vaga noção do que ela nos contaria. Sabíamos que ela invadia residências e, enquanto a vítima dormia, pisava em seu peito, interferindo no sono, causando pesadelos e causando-lhe falta de ar. Alimentava-se do medo dos pobres coitados.

— Tudo bem. Conte-nos sua história — pedi, enquanto Billy e eu desligávamos nossos celulares.

***

O saci e a Pisadeira

Ela estava habituada com sua rotina. Acordava cedo, tomava café e arrumava-se antes de sair para passear. Era comum que alguém lhe virasse a cara na rua. A beleza não era uma de suas qualidades, embora caprichasse no *pancake*, no batom e nos cremes disso e daquilo. Estava acostumada a ser maltratada. Isso nunca a incomodou até o dia em que foi expulsa de um mercado a batatadas. A última batata a jogou no chão, no meio da lama. Um rapaz que passava por ali se apenou da moça e a levantou. Tirou o próprio lenço do bolso e limpou seu rosto. Bastou para que se apaixonasse.

– Namora comigo? – foi direta.

– Não. Serei padre – respondeu e encerrou o assunto.

Meses se passaram. Era um domingo de

inverno, quando o encontrou nos braços de outra. Mentiroso de uma figa!

Naquela noite invadiu sua casa e, enquanto ele dormia de barriga para cima, pisou com força em seu peito. Ele não acordou, sabe-se lá por quê. Teve pesadelos. Sentiu medo no sono. Ela descobriu que esse medo a alimentava. Seu corpo ficou abarrotado de energia. Ganhou forças que a fizeram muito feliz e plena.

Por anos pisou no peito de Raimundo. Mesmo depois que ele se casou, ela estava lá, comendo e bebendo seu desespero noturno. A esposa, ao lado, não acordava nem mesmo quando a invasora xingava seu marido. Parecia mágica.

Com o tempo, passou a pisar na mulher de Raimundo também. Outros medos. Outras delícias. Ninguém acordava.

Um dia, o casal se mudou sem deixar endereço. Ela se sentiu traída. Mais uma vez foi abandonada. Precisava continuar se alimentando. Precisava afastar a dor do abandono. A dor das batatadas.

Não se maquiava mais. Não se arrumava. Suas unhas cresceram. Seu aspecto, que já era terrível, piorou. Não saía mais para as ruas. Sua rotina mudou. Passou a invadir outras casas. Passou a se alimentar de novos medos. Cada um mais gostoso do que o outro. Lendas sobre uma tal Pisadeira correram os povoados.

Isso até aquele moleque do bambuzal resolver se meter em sua vida.

O descarado. O pilantrinha.

A primeira vez foi quando se preparava para pisar em um fazendeiro. Um despertador tocou na janela e o homem acordou. Ao ver aquela mulher descabelada na sua frente, deu-lhe um empurrão tão forte que quase quebrou sua coluna.

Na segunda vez, levou um tapa e quase foi presa.

Na terceira, não escapou da polícia.

Estava algemada na viatura quando o saci enfiou a cara no vidro e mandou-lhe um beijo cínico.

Assim que foi libertada, correu ao bambuzal.

— Seu pilantra! Apareça! — berrou para as nuvens.

— Pensa que pode fazer isso comigo? — gritou com as formigas.

— Hei de me vingar, seu atrevido! — ameaçou o vazio.

Cri! Cri!

Nunca teve uma resposta. Nunca mais viu o saci.

Isso até o dia da festa. Ao reconhecer a carapuça vermelha de cochichos com uma ruiva chifruda em um canto da cozinha, a Pisadeira gritou injúrias e foi tomar satisfações. Alcançou-o assim que a outra saiu pela porta dos fundos.

— Seu pulha! Seu patife! Seu insolente!

- A feiosa tá braba, hein? - respondeu o saci.

- Braba é pouco! Estou encolerizada!

- Maracujá acalma, viu? - apontou para uma jarra de suco de maracujá, que um garçom desajeitado levava para o salão.

- Não quero me acalmar! Quero sua pele, seu biltre!

Dito isso, desferiu uma unhada na barriga do saci. Pra machucar mesmo. No processo, acabou derrubando o cozinheiro, que surgiu não sei de onde e foi ao chão com o solavanco.

O moleque fugiu para a saída dos fundos e a Pisadeira voltou para a pista de dança. Estava aliviada.

***

— E foi isso — completou. — Não matei o descarado. Só deixei uma marquinha para ele se lembrar de mim.

— Marquinha? Você quase cortou ele ao meio! — exagerou Billy.

— E daí? Ele mereceu. E ficou barato, viu?

Billy se levantou e chamou pelo Ferdinando.

— Leve-a daqui — virou-se para a suspeita. — Você tem sorte de estarmos muito ocupados com esta investigação de homicídio. Adoraria te enquadrar por lesão corporal. Mas não se preocupe. Vou te recomendar para um detetive amigo meu.

— Não é a primeira vez que me ameaçam, queridinha. Já passei por isso e escapei. Nos veremos algum dia. Ou alguma noite... — após intimidar minha colega, a Pisadeira piscou um olho para mim. — Quanto a você, bonitão, vamos marcar um jantar?

Não me dei ao trabalho de responder, e Ferdinando a levou embora.

Encarei minha parceira.

— Até agora todos parecem ter motivos para eliminar a vítima — comentei.

— Eu estou entre dois deles até agora. Não acho que a Pisadeira ou o Caipora seja o assassino. E você?

— Não sei. A Pisadeira pode tê-lo matado na cozinha e levado o corpo para o jardim. Por isso a farinha de trigo. E o Caipora estava furioso.

— Vamos interrogar mais um e comparar as anotações. Já saiu o laudo da autópsia? — perguntou Billy.

— Isso demora. Só deverá estar pronto amanhã. Vou pedir para o Ferdinando trazer o último suspeito.

168 — Cabra-Cabriola
"É animal malfazejo,
brotarem."
Cabra-Cabriola. Terrível papão para
meter medo aos meninos e contê-los
nas suas travessuras. Segundo os nos-
contos populares, a Cabra-Cabriola
monstro, de enormes
CABRA-CABRIOLA
mulher que tinha três filhos de tenra
constam acusações de sequestros de crianças.
PROPRIEDADE DA POLÍCIA
CABRA-CABRIOLA - BICHO-PAPÃO
SOURCE
HDMI
1 2 3
4 5 6
7 8 9
0
PRE-CH
MUTE
VOL
CH

Cabra-Cabriola

FICHA CRIMINAL

Nome: Cabra-Cabriola (Bicho-Papão)

Naturalidade: já foi vista em Pernambuco, Ceará, Pará e São Paulo.

CONFIDENCIAL

Características físicas: bípede semelhante a uma mulher muito forte, alta e acima do peso.
Aspecto um tanto assustador. Pelos avermelhados.

Lugares que frequenta: Casas de crianças desobedientes.

Atividades: devoradora de crianças.
Supostamente vende doce de leite de cabra.

Observações: Utiliza disfarces di... omo peruca, óculos e indum...
especialme...

imagens do ataque da cabriola - câmera 8
rua travanca da feira, 291.
observar depois de 8:24

"Eu sou a
Cabra-Cabriola,
que come meninos
aos pares, também
comerei a vós, uns
carochinhos de nada."

CABRA-CABRIOLA, A QUINTA SUSPEITA

A Cabra-Cabriola, também conhecida como o Bicho-Papão brasileiro, adentrou a sala de interrogatórios. Ao contrário dos outros suspeitos, esta não tinha uma aparência humana. Embora o corpo fosse de proporções normais, um bípede semelhante a uma mulher muito forte, alta e acima do peso, seu aspecto era um tanto assustador.

— Sente-se ali, Cabriola — Billy não se intimida facilmente e indicou a cadeira do outro lado da mesa.

— Sra. Cabra-Cabriola, não é? — perguntei e fui ignorado. — Tenho sua ficha aqui comigo e vejo que há acusações de sequestros de crianças.

— Não podem provar que fui eu — respondeu, enfim.

— São acusações muito sérias — Billy tomou a ficha de minhas mãos e sentou-se na quina da mesa. — Segundo consta, vizinhos a ouviram ameaçar as vítimas com uma voz grossa e horrenda. Os relatos apontam as seguintes palavras: "Eu sou a Cabra-Cabriola, que come meninos aos pares, também comerei a vós, uns carochinhos de nada".

— Você comeu as crianças sequestradas, senhora Cabriola? — pensei que se a pressionasse talvez conseguisse uma confissão.

— De novo, não há provas — limitou-se a responder.

— Aqui no relatório da polícia consta também uma acusação de falsa identidade. Uma babá que estava em uma das casas alegou tê-la visto pelo circuito de vigilância do lado de fora da porta.

— Eu vendo doce de leite de cabra de porta em porta. Isso não prova nada — defendeu-se.

— Pode ser. Mas para o seu azar, a gravação não foi só em vídeo. Ouça isso.

Billy tirou um disco prateado de dentro de um envelope e colocou-o no aparelho acoplado a uma TV de 32 polegadas, que ficava em um canto da sala. Um vídeo começou a rodar. A princípio era só o *hall* de entrada da casa das vítimas. Billy acelerou o filme até a parte em que uma figura de pelos avermelhados surge e toca a campainha. A Cabra-Cabriola, que até então mantinha-se calma, começou a bater o pé no chão, em um claro sinal de nervosismo.

— Filhinhos, filhinhos, abri-me a porta, que eu sou vossa mãe. Trago lenha nas costas, sal na moleira, fogo nos olhos, água na boca e leite nos peitos para vos criar.

Billy apertou o *pause* no momento em que o visitante se virou para a câmera de vigilância. Lá estava o rosto da suspeita, claro como xixi de fadas.

— Se juntarmos esse vídeo com o resto das provas que encontraremos... — diante da cara de surpresa da suspeita, Billy revelou: — Sim, conseguimos um mandado de busca e apreensão. Alguns policiais estão indo para lá agora mesmo. Teremos provas suficientes para incriminá-la e deixá-la apodrecendo na prisão.

— Não encontrarão nada na minha casa — ameaçou. Seus olhos estavam vermelhos de raiva.

— E quem disse que iremos para sua casa? Você é seguida há meses. Sabemos da lojinha alugada no subúrbio. Está na cara que é uma fachada. Nunca vimos o tal doce de leite de cabra que você supostamente vende.

A Cabra-Cabriola foi vencida. Seria melhor cooperar para tentar algum benefício posterior.

— O que vocês querem saber?

— Quem matou o saci? — fiz a pergunta de um milhão.

— Não fui eu — respondeu. — Mal o conhecia.

— Como não? Temos relatos que a colocam dentro da cozinha da La Cueva junto com a vítima. E de cochichos, ainda por cima.

— Está bééém! Está bééém! — berrou. — Eu admito! Nós tínhamos um trato.

— Que história é essa de trato? — Billy puxou a cadeira e sentou-se ao meu lado, interessada.

***

O saci e a Cabra-Cabriola

Colocou os óculos de aros dourados, a peruca morena e o vestido estampado com lírios brancos sobre um fundo verde-água. Um casaquinho de linho bege em cima dos ombros completava o disfarce. Era necessário manter-se curvada para a frente para diminuir a altura e obter um ar cansado. Carregava algumas sacolas leves na mão e um mapa com os endereços das crianças malcriadas. A caçada começara.

Na primeira casa havia cachorros. "Não gosto de cachorros", pensou a Cabra.

A segunda casa estava vazia. Viajaram para o litoral.

Olhou para a rua. Sobraram poucas casas naquele bairro. A maioria das construções tinha muitos andares e porteiros de guarda.

A terceira era perfeita. Uma antiga construção de uma família tradicional e centenária, com balancinho na varanda e samambaia pendurada. Do jeito que a Cabra-Cabriola gostava.

– Filhinhos, filhinhos, abram-me a porta, que eu sou vossa mãe. Trago lenha nas costas, sal na moleira, fogo nos olhos, água na boca e leite nos peitos para vos criar.

As crianças, do lado de dentro, saudosas da mãe que nunca chegava, correram para a sala, de olho na maçaneta. Deram com os narizes na barriga de Lourdinha, a babá, que surgiu, de repente.

– Não abram! – alertou. – Não é a voz de sua mãe.

– É ela, sim! Quem mais haveria de ser?

– Não sei. Pode ser ladrão. Pode ser vendedor de tranqueiras. Mas seja quem for, não é sua mãe.

Não havia outras casas com crianças nas redondezas. Só apartamentos. A Cabra-Cabriola foi embora, resignada. Ainda voltaria àquela porta, mas antes precisava melhorar o disfarce.

Caminhava, devagar e pensativa, circundando o bosque que acompanhou o crescimento do bairro, quando foi abordada por um saci, o Perereira.

– Batarde, dona Cabra – cumprimentou.

– Some daqui, moleque.

– Não pude deixar de reparar que você está com um probleminha profissional. Estou errado?

– O que você sabe?

A Cabra-Cabriola armou o espírito. Nunca gostou de sacis. Criaturas abusadas.

– Sei que essa sua voz de cabra rouca não engana ninguém. Se quiser, tenho algo para oferecer.

– Estou ouvindo.

– Algum ricaço, amante do folclore brasileiro, convidou vários seres para uma festa. Comida e bebida liberada!

– E daí?

– Daí que vou te arrumar um convite. Tem um sujeitinho sem-vergonha que vai estar lá e que tem algo que me pertence. Quero que você recupere a minha carapuça.

– Outra carapuça? E essa na sua cabeça?

– Esta é falsa. Serve para eu não sentir frio no coco.

– E o que eu ganho com isso?

– Traga-me o que pedi que eu te darei uma pastilha que muda a voz. Basta colocar na boca para falar no tom que desejar.

– Poxa vida! Mudar a voz seria tudo de bom!

A Cabra topou. Em breve voltaria para a casa com o balanço na varanda. E a porta seria aberta dessa vez.

Localizou o sujeitinho no quintal da casa de festas La Cueva. Recuperar o gorro foi mais fácil do que pensava que seria. Bastou a ameaça de um peteleco e o Boto entregou o objeto sem reclamar. Aproveitou a moleza e mergulhou em salgadinhos e refrigerante. Enquanto se empanturrava, encontrou seu empregador na cozinha e entregou-lhe a carapuça. Ele olhou o gorrinho vermelho, colocou-o na cabeça, fez cara de quem não gostou e jogou-o para trás. Seguiu-se uma discussão discreta. O saci acusou a

Cabra de tentar enganá-lo com uma cópia. E a Cabra o culpou por não cumprir com o prometido. Foram interrompidos pelos gritos da Pisadeira. A situação ficou para ser resolvida mais tarde, e a Cabriola saiu pelos fundos da cozinha.

Pouco tempo depois, o corpo do Perereira foi encontrado sem vida no quintal.

***

— Acabou? — Billy parecia mais confusa do que antes.

— Foi só isso. Depois não o vi mais.

— E quem me garante que não foi você quem o matou? — como eu, minha parceira não gosta de quem ameaça crianças. — O Perereira não te deu as pastilhas para limpar sua voz de taquara rachada, o motivo do crime é de uma obviedade monumental.

— Nós tínhamos um acordo. Se eu contasse a história, vocês aliviariam a minha barra depois.

— Mas você deve ter comido alguém estragado para falar tamanha bobagem! — Billy se irritou. — Não combinamos nada!

— Só me faltava essa! Virou moda sacanear a Cabriola agora? Primeiro o Perereira e agora essa policial sonsa. Esqueceu quem eu sou? Está de brincadeira comigo, colééééga? — baliu de raiva.

A Cabra-Cabriola mostrou os dentes. Estava alucinada. Foi preciso chamar quatro policiais para contê-la e levá-la embora. Billy estava lívida. Sentiu o bafo do Bicho-Papão de perto.

Ficamos só nós dois na sala, mudos por alguns segundos.

— Eu acho que foi ela — disse Billy, afinal.

— Eu não sei o que pensar — respondi. — Vamos recapitular? Colocar as anotações em ordem?

DE VOLTA À CENA DO CRIME!

Saímos da sala de interrogatórios e voltamos para as nossas mesas. A foto do Perereira estava pregada com um alfinete em um grande quadro de cortiça pendurado na parede.

— O Boto disse que assim que chegou na festa o Perereira se aproximou dele — preguei a foto do Boto embaixo da foto da vítima.

— Como não conseguiu nada, o saci aguardou que a Cabra-Cabriola trouxesse a carapuça para ele, mas o Boto entregou um gorro falso para ela, que depois foi encontrado dentro da panela com o bobó de camarão — Billy prendeu a foto da Cabriola ao lado da do Boto.

— A Pisadeira encontrou o Perereira na cozinha e arranhou sua barriga — coloquei a foto da Pisadeira ao lado da imagem da cabra.

— O saci saiu da cozinha e foi levado para o quintal pelo Cabeça de Cuia. O Crispim deu-lhe uma cabeçada forte que o levou ao chão — Billy pendurou a foto do Cabeça de Cuia. — Curioso é que o CC afirmou que, nessa hora, o Perereira estava com o gorro.

— Finalmente, o porco do Caipora encontrou o corpo e chamou o dono, que furtou o cachimbo — prendi a foto do Caipora por último. — Mas pode ser que o próprio Caipora tenha matado o saci e disse que só o viu depois de morto. Não duvido que o corte no braço do saci seja do seu ferrão. Será que tinha veneno?

Ficamos olhando para o quadro de cortiça por alguns instantes.

— Ou alguém está mentindo ou deixamos passar alguma coisa — comentei. — Se todos estiverem falando a verdade, a morte ocorreu entre o encontro com o CC e a descoberta do corpo pelo queixada Juvenal.

— Presumindo que Crispim não o tenha matado com a cabeçada, alguém se aproveitou do fato de a vítima estar inconsciente. Isso é de uma covardia sem tamanho — analisou a detetive. — Quando sai o relatório do legista?

— Não tão cedo. Vamos aproveitar para dar outra olhada na cena do crime? Podemos ter deixado escapar alguma pista.

Havia um pequeno tumulto na La Cueva. Muitos funcionários reclamavam da demora para serem liberados. Localizamos o policial Honaldo, com agá, e o encontramos absorto entre os depoimentos colhidos no local. Descobrimos também que o corpo da vítima só fora ensacado e levado havia poucos minutos. Algum problema com a identificação do funcionário do necrotério, mas nada que um telefonema não pudesse resolver. Não entendi direito, mas parece que houve uma substituição de última hora e outra pessoa veio no lugar do Mathias e levou o saci. De qualquer maneira, isso significava que tão cedo não teríamos o laudo do legista.

— Conseguiu falar com o dono da casa de festas? — Billy tirou o caderninho do bolso.

— Não o encontramos. Nem ele nem outros dois funcionários da casa — respondeu Honaldo.

— Bem, ele não pode ter saído, não é? Vocês deixaram alguém passar?

— Só o corpo.

— Que funcionários? — perguntei.

— O cozinheiro e o jardineiro. Disseram que são irmãos ou algo assim. Já senhores de idade.

— O Crispim não suspeitava do cozinheiro? — vasculhei as minhas anotações. — Não é uma coincidência?

— Muita. Vamos investigar a cozinha.

Havia farinha de trigo para todo lado. Como se estivéssemos dentro de um templo de ladrilhos e panelas assolado por uma tempestade de areia fininha no meio do deserto. O bolo nada mais era do que uma pequena torta coberta de chocolate granulado, algo que poderia muito bem ser comprado em uma padaria. Enquanto Billy analisava cada azulejo hidráulico, recebi um telefonema do laboratório forense. O sangue encontrado no ferrão do Caipora era de um porco-do-mato. Menos mal.

— Por que há tanta farinha no chão? Não faz sentido — observou Billy. — Tem farinha suficiente para encher um dos sacos da pilha ali no canto.

Um saco! Billy e eu pensamos na mesma coisa. Ambos corremos para o quintal. Havia algo na história toda que não demos a atenção devida e que podia ser a chave para o assassinato.

— Como um terceiro gorro foi parar dentro do saco do jardineiro? Será que ele recolheu junto com as folhas? Será que esse seria o gorro que o saci estava usando quando morreu? — minha colega pensava rápido e em voz alta.

— Vamos recapitular. São três gorros. O verdadeiro, que o Boto tinha com ele e que foi arremessado para o alto, prendendo-se em um galho. O falso, que o Boto deu para a Cabriola e que o Pererreira jogou na panela de bobó de camarão...

— ... e um terceiro, que a vítima usava para disfarçar a careca — completou Billy.

Localizamos o saco onde o gorro foi encontrado. Seu conteúdo estava jogado no chão. Notamos vestígios de farinha de trigo nas folhas e nos pequenos galhos secos. Era o saco que faltava na cozinha. Devia ser o mesmo que antes carregava a farinha agora espalhada. Pedi para o Honaldo, com agá, nos entregar os três gorros. Ele ainda não os tinha levado para a delegacia.

Os três eram muito parecidos. Não dava para notar nenhuma diferença no tecido, embora um estivesse sujo de molho de bobó e outro furado por um galho. No entanto, foi só aproximarmos nossos narizes do terceiro para sentirmos um cheiro conhecido.

Era alfazema.

Em minutos arrombávamos a porta do escritório do simpático sr. Percifrânio. Uma busca rápida nos papéis sobre sua mesa nos deu o seu endereço residencial: uma casa luxuosa em um bairro nobre da cidade.

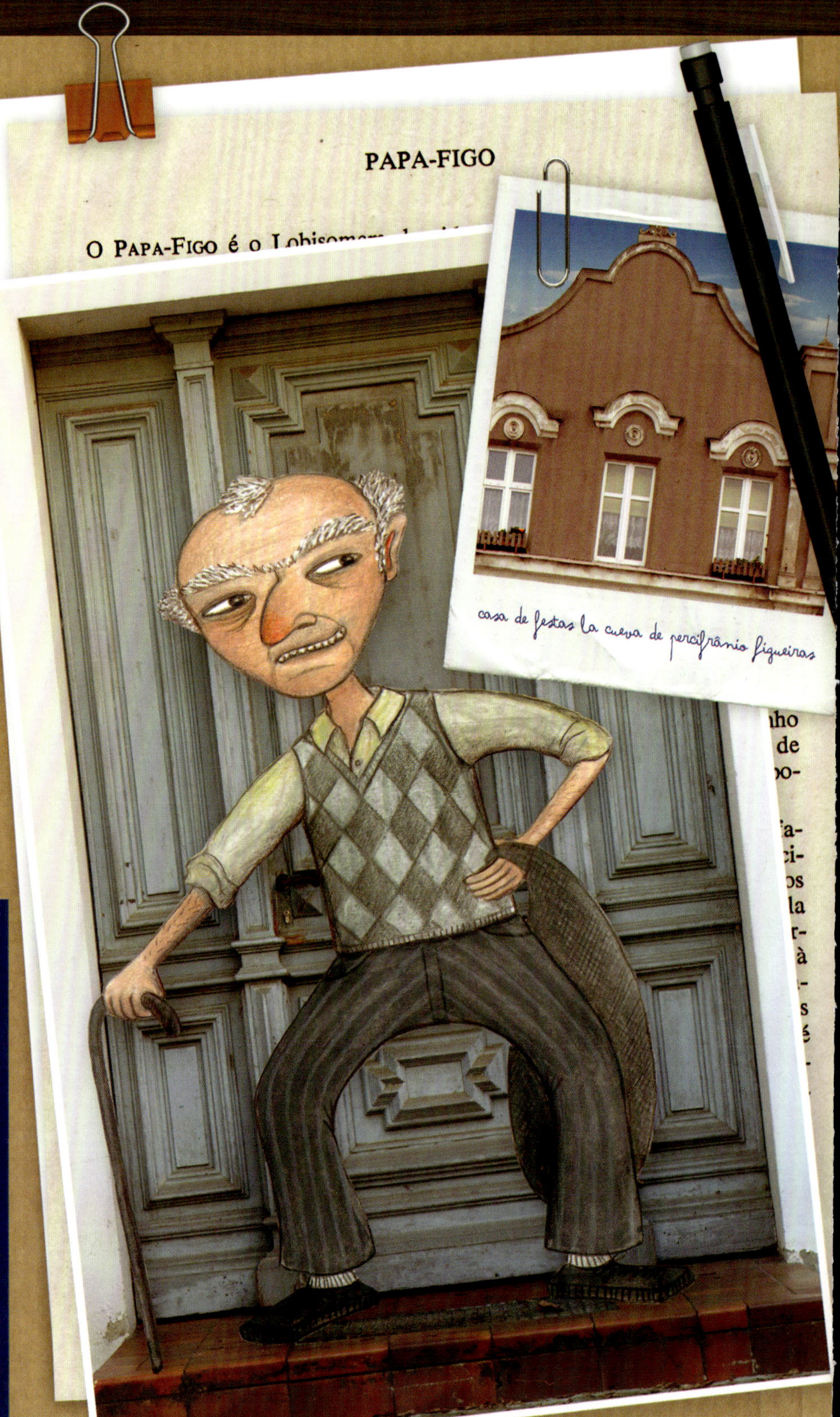

PAPA-FIGO

PERCIFRÂNIO FIGUEIRAS

FICHA CRIMINAL

CONFIDENCIAL

Nome: Percifrânio Figueiras, o Velho do Saco (Papa-Figo)

Naturalidade: Pernambuco.

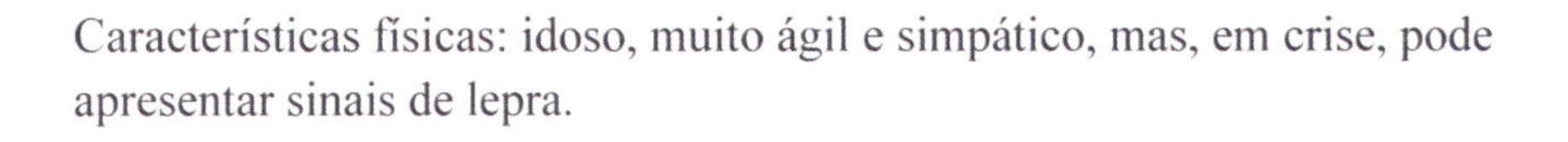

Características físicas: idoso, muito ágil e simpático, mas, em crise, pode apresentar sinais de lepra.

Lugares que frequenta: casa de festas La Cueva, praças e parques.

Atividades:
Empr o de eventos e comedor de fígados.

PROPRIEDADE DA POLÍCIA

Velho do Saco

VELHO DO SACO, O SEXTO SUSPEITO

O rabecão do necrotério estava estacionado em frente à residência de Percifrânio. Situada no fim de uma estradinha, a casa era uma construção grande e isolada com um belo jardim florido na frente. Os vizinhos mais próximos ficavam a muitos metros de distância.

Billy e eu decidimos não chamar reforços. Estávamos com pressa para reaver o corpo antes que o Papa-Figo sumisse com ele ou algo pior. Demos a volta pelos fundos para tentar surpreender o sujeito. A cerca de trás não era muito alta e escalamos sem dificuldade. Contornamos a piscina e caminhamos na direção de uma porta aberta na área de serviço da casa que dava para a churrasqueira coberta. Podíamos ouvir os latidos de cães perto da gente, mas logo percebemos que estavam presos em um canil. Eu seguia na frente e Billy vinha logo atrás de mim. Foi quando senti o puxão no meu braço. Minha colega parou abruptamente e apontou para uma árvore em um dos cantos do quintal.

O corpo do Perereira estava sentado, recostado no tronco. Podíamos ver sua cabeça pendendo para a frente, como se estivesse dormindo. Corremos até lá para nos certificarmos de que era mesmo ele. Uma cantoria surgiu de dentro da casa.

— O Papa-Figo *tá* com fome!
Ele não vai comer besteira!
O almoço hoje tem nome!
Ele é o Saci Perereira!

Escondemo-nos atrás de um arbusto e rendemos o criminoso assim que ele se aproximou do corpo da vítima com uma faca de açougueiro.

— Solte a faca! — gritei.

O suspeito foi dominado e algemado a uma cadeira de ferro pesadona que ele tinha no gramado. Percifrânio não reagiu. E, mesmo que quisesse, era só um velho de oitenta e tantos anos. Ligamos para a delegacia e pedimos que enviassem um camburão para levar o meliante. Tínhamos cerca de dez minutos até que o carro chegasse e Billy resolveu puxar conversa.

— Por que você matou o Perereira, Percifrânio?

— Eu não matei o pilantra — respondeu, enquanto coçava uma ferida na perna.

— Como não o matou? Conta outra, cara! Sabemos que você se disfarçou de cozinheiro e de jardineiro só para caçá-lo dentro da La Cueva — entreguei.

— Eu não estava atrás dele. Eu estava atrás do gorro dele. Queria que o Perereira trabalhasse para mim. Nem acreditei quando ele me pediu que organizasse sua festa de aniversário.

***

O saci e o Velho do Saco

A idade cobra o preço do descaso com o corpo. É assim com todo mundo. As pessoas mais pesadas sentem dores no joelho. Os fumantes têm problemas respiratórios. Quem não se exercita pode ter cardiopatia. Foi assim também com o Papa-Figo. Há muitos anos descobriu ser portador de uma doença cujos sintomas, ele acreditava, só podiam ser atenuados com a ingestão de fígados frescos. Viveu à margem da lei. O que era um atenuante virou um vício. E os vícios destroem o organismo.

O tempo passou e as caçadas, antes fáceis, passaram a ficar cada vez mais complicadas. O tornozelo falhava na corrida. Os reflexos já não eram os mesmos. Tentou contratar caçadores, mas o custo era alto, assim como o risco.

Foi numa tarde de verão que se deparou com uma casa de festas lotada de crianças. Uma plaquinha anunciava que o imóvel estava à venda.

Durante anos foi o mágico da casa. Fazia sumir coelhos e crianças. Até o dia em que recebeu a inesperada visita de um ser folclórico em seu escritório.

– Você organiza aniversários?

Era um saci de gorro vermelho, cachimbo e tudo a que tinha direito! Quis o destino que batesse em sua porta. Que fantástico! De acordo com a lenda conhecida, se o Papa-Figo conseguisse a carapuça, o saci seria obrigado a caçar para ele.

– É seu dia de sorte, moleque!

Perereira colocou um maço de notas sobre a mesa e pediu que o dono da La Cueva convidasse diversos seres do folclore brasileiro para a sua festa. Exigiu que não dissesse que era seu aniversário. Caso contrário, era provável que ninguém comparecesse.

Os convites foram publicados nos jornais de maior circulação, pois os convidados não tinham endereço fixo. Talvez fosse esse o motivo da baixa frequência. Talvez fosse porque o Lobisomem, o Mapinguari, a Iara e outros não gostassem de festas mesmo. Felizmente, alguns não resistiram à comida e à bebida de graça.

O Papa-Figo apelou para os disfarces. Não havia melhor forma de se aproximar do seu alvo. O saci já conhecia seu anfitrião e algo lhe dizia que o danado sabia do que o velho era capaz. Quase conseguiu agarrar o gorro na cozinha, quando o Perereira e a Cabriola estavam de convercê. Ninguém o percebeu atrás do *freezer*, a poucos centímetros do seu objetivo.

Viu, mais tarde, quando o cabeçudo nocauteou o duende brasileiro. O disfarce já era outro, de jardineiro. Quando o Cabeça de Cuia saiu, o Papa-Figo se aproximou e arrancou o gorro do saci.

— Acorde, saci! Olhe para mim! Tenho seu gorro e você fará o que eu mandar!

— Hein? — o saci apalpou o galo em sua cabeça com a mão, enquanto abria os olhos, devagar. — É você, Percifrânio?

— Sou o Papa-Figo. O novo senhor do bambuzal. Levante-se e obedeça-me!

— Sai fora, mané!

— Eu mandei levantar!

O Papa-Figo empurrou o corpo do saci

com o ancinho que carregava, cortando o seu braço.

— Ai! *Tá* maluco?

— Tenho o seu gorro, pô!

Mostrou o objeto. Já não estava tão confiante. Achava que a obediência deveria ser imediata e não foi.

— Não é o meu gorro, seu otário! Esse é falso. Agora suma daqui antes que eu te arrebente.

Dito isso, conjurou um pé de vento que jogou o Papa-Figo para longe. O velho foi arremessado para perto do muro. O pé de vento seguiu para um gramado coberto de folhas e circulou um pouco por ali. Segundos depois, dissipou-se no ar.

O falso jardineiro se levantou e avistou o saci novamente deitado. Já se preparava para chegar junto ao moleque e descer-lhe o ancinho quando percebeu o queixada Juvenal lambendo a mão imóvel do aniversariante.

O Papa-Figo escondeu o gorro no saco do jardineiro e correu para o escritório da administração. No caminho, passou pelo gramado por onde o pé de vento circulou. Entre as folhas estavam rabiscadas as iniciais "PF" em letras gigantes. O pilantra queria dedurá-lo. Apagou a primeira letra com o pé e, antes que pudesse fazer o mesmo com a segunda, ouviu o murmúrio dos curiosos se aproximando. Disfarçou e seguiu seu caminho.

— Vai me dizer que é só isso? — Billy deu um sorriso irônico.

— Bem, tem a parte que eu me vesti de policial, nocauteei o motorista do rabecão, prendi-o no porta-malas do meu carro e liguei informando a troca de identidade do responsável pelo necrotério. Mas imaginei que vocês adivinhariam isso.

— Eu quero é saber como foi que você matou o Perereira! — insistiu Billy, enquanto eu ligava para o policial Honaldo, com agá, para que ele libertasse o pobre Mathias.

— Está surda, menina? Eu já disse que não fui eu quem matou o peste. Mas já que não consegui um caçador dedicado e obediente, pensei: "Por que não aproveitar o fígado?". Aliás, nem sei se ele está morto mesmo. Já pensaram que pode estar de fingimento só para me ferrar?

Billy olhou para o corpo da vítima, recostado à árvore. Caminhou até ele e sentiu o pulso.

— Não. Este daqui está mortinho da silva — confirmou.

— Deixemos que o legista confirme isso. Em caso afirmativo, tenho certeza de que o assassino está aqui, entre nós, coçando a perna — eu não tinha dúvida nenhuma.

— Era isso que você queria? — Billy ainda tinha os gorros no bolso do uniforme. — Isto valia a vida de uma pessoa? — jogou um deles na cara do Velho do Saco. — Ou... de uma criatura das matas? Seus crimes acabam aqui!

O gorro caiu no chão. Ficamos todos em silêncio.

Finalmente, eu me agachei e peguei a carapuça. Bati na minha calça para tirar a terra que grudara em cima e caminhei em direção ao saci.

— Tome, Perereira. É seu. Sei que você queria esse gorrinho de volta. Até o Bicho-Papão você contratou para recuperá-lo. Que ao menos seja enterrado com ele.

Vesti a cabeça pelada do morto e me virei ao ouvir o barulho da sirene de uma viatura chegando na porta da casa. Estava na hora de ir. Billy levantou o Papa-Figo e me fez sinal para levar o corpo.

— Cadê o saci?

Ele havia sumido! No seu lugar, preso à árvore, estava uma orelha-de-pau, um fungo grande que se assemelhava a uma orelha e que pode chegar ao tamanho de uma pia batismal.

Finalmente, entendemos o que aconteceu: foi a última travessura do Saci Perereira. Uma despedida à altura do grande travesso que ele era. Seu aniversário de 77 anos* foi ao mesmo tempo o seu funeral.

FIM

* Segundo a lenda popular, os sacis vivem exatos 77 anos. Alguns afirmam que são 7 anos de gestação dentro do bambu e 77 do lado de fora. Outros garantem que são 7 anos dentro de um gomo do bambu e mais 70 nas florestas e campos. E, quando morre, eles se transformam em orelha-de-pau. Seria interessante perguntar para um saci. Quem se dispõe a procurar?

ALEXANDRE DE CASTRO GOMES

FICHA AUTORAL

Nome: Alexandre de Castro Gomes

Naturalidade: Rio de Janeiro

Características: escritor de literatura infantil e juvenil.
Gosta de criar histórias com conteúdo, de escrever sobre monstros e folclore e de usar o humor e a criatividade nos seus textos.

Lugares que frequenta: feiras de livros, eventos literários, escolas e redes sociais.

Atividades: Alexandre viaja o Brasil com as oficinas literárias "Quero ser autor", dá palestras e mantém um site no endereço <www.alexandredecastrogomes.com>.

Observações: o autor de *Quem matou o saci?* lançou 26 livros, ganhou importantes prêmios literários e é o atual presidente da Associação de Escritores e Ilustradores de Literatura Infantil e Juvenil (AEILIJ).

FICHA AUTORAL

CRIS ALHADEFF

Nome: Cris Alhadeff

Naturalidade: Rio de Janeiro

Características: ilustradora e *designer* de produto, com vasta experiência em literatura infantil, publicidade e estamparia. Entre suas técnicas favoritas estão o uso de tinta acrílica, aquarela, lápis e colagem digital.

Lugares que frequenta: livrarias, bibliotecas, escolas, feiras de livros, papelarias, sites de ilustração...

Atividades: Cris atualmente divide seu tempo entre as ilustrações de livros infantis e juvenis, a criação de estampas e as oficinas de ilustração que ministra.

Observações: a ilustradora tem 40 livros ilustrados e um site no endereço <www.crisalhadeff.com>.

FSC
www.fsc.org
MISTO
Papel | Apoiando o manejo florestal responsável
FSC® C005648

A marca FSC® é a garantia de que a madeira utilizada na fabricação do papel deste livro provém de florestas que foram gerenciadas de maneira ambientalmente correta, socialmente justa e economicamente viável, além de outras fontes de origem controlada.

Esta obra foi composta em Alegreya Sans e impressa pela Gráfica Santa Marta em ofsete sobre papel Couché Matte da Suzano S.A. para a Editora SDS em abril de 2025